Hans-Georg Renner

Das Kölner Liebesmärchen

Hans-Georg Renner

Das Kölner Liebesmärchen

Romantisches Köln

Impressum

Bibliografische Information der Deutschen Nationalbibliothek: Die Deutsche Nationalbibliothek verzeichnet diese Publikation in der Deutschen Nationalbibliografie; detaillierte bibliografische Daten sind im Internet über http://dnb.dnb.de abrufbar.

Verlag: BoD · Books on Demand GmbH, In de Tarpen 42, 22848 Norderstedt

Druck: Libri Plureos GmbH, Friedensallee 273, 22763 Hamburg

ISBN: 978-3-7597-8353-0

Es war einmal in Köln ...

Anfang des letzten Jahrhunderts, genauer im Juni 1928 …

Zur damaligen Zeit war das „Haus Neuerburg“ am Gülichplatz 23 in der Kölner Altstadt, das Verwaltungsgebäude eines der größten Zigarettenfabriken Deutschlands.

In seinen Büros arbeitet damals auch eine junge Frau namens „Finche“ und Finche war reif für die Liebe.

Aber die Männer die sie kannte, kamen für sie allesamt nicht in Frage.

In ihrer Mittagspause ging Finche immer hinunter zum Fastnachtsbrunnen vor dem Haus Neuerburg.

Hier schrieb sie kleine Zeilen voller Sehnsucht, kleine Liebesgedichte, eben was ihr sehnsüchtiges Herz gerade bewegte.

Am Ende der Mittagspause hielt sie den Zettel unter das plätschernde Wasser des Brunnens damit die Schrift verschwamm und warf den Zettel in den Papierkorb neben der Eingangstüre.

Finche wollte nicht das jemand ihre Zeilen las, die direkt aus ihrem Herzen kamen.

Am Samstag den 16, Juni 1928 erschien ihre Kollegin Mariechen plötzlich am Fenster und rief Finche ganz dringend zurück ins Büro.

Finche beeilte sich sofort, wusch die Tinte nicht mehr im Brunnen ab, sondern zerknüllte den Zettel und warf ihn, beim ins Haus eilen, in Richtung Papierkorb.

Aber …

Finche!

… ihr Zettelchen landete nicht im Papierkorb, sondern auf dessen Rand und wurde von einem leichten Sommerwind zurück zum Fastnachtsbrunnen geweht.

Einige Minuten später kam „Hennes“, ein junger Mann, zum Fastnachtsbrunnen.

Hennes machte eine kleine Pause und betrachtete die abgebildeten „hilligen Kenechte und Mägde“, die Figuren auf dem Brunnen.

Vor einem der Paare sah er einen zerknüllten Zettel auf dem Boden liegen und fühlte sich seltsamerweise magisch davon angezogen.

So nahm Hennes den Zettel auf und faltete ihn auseinander.

Er war von den liebevollen Zeilen und der lieblichen Handschrift so berührt, dass er die Verfasserin unbedingt kennen lernen wollte.

Hennes sah niemanden in der Nähe und so wartete er am Brunnen, denn er war sich sicher, dass sein Herz diese Persönlichkeit sofort erkennen würde.

Haus Neuerburg hat jedoch leider noch einen Ausgang auf der Rückseite, durch den Finche auch das Haus verließ.

So tauchte keine Frau auf, die Hennes Herz berührte.

Hennes fühlte ein so große Sehnen, dass er am Sonntag wieder am Brunnen wartete.

Warten macht bekanntlich müde und so nickte er immer wieder kurz ein.

Einige Male fiel dabei der Zettel auf den Boden und wurde ein kleines Stückchen weiter geweht.

Er konnte ihn glücklicherweise aber immer wieder leicht finden und aufheben.

Am Montag den 18. Juni 1928 stand Hennes wieder am Fastnachtsbrunnen und hatte sich vorbereitet.

Er band ein Ende seiner Maurerschnur um sein Handgelenk und das andere Ende um den Zettel.

Wenn er jetzt wieder einnicken würde, dann könnte der Zettel nicht weggeweht werden.

Gegen Mittag nickte Hennes tatsächlich ein …

… und kurze Zeit später kam Finche, wie immer in ihrer Mittagspause, zum Fastnachtsbrunnen hinunter.

Finche sah ihren Zettel auf dem Boden liegen,
sah eine Schnur die zu Hennes führte,
sah Hennes und spürte sofort,
dass er der Mann ist auf den ihr Herz gewartet hatte.

Sie war jetzt natürlich sehr erregt ...

vorsichtig hob sie den Zettel auf und zupfte leicht an der Schnur.

Hennes erwachte,
sah die Schnur die nun zu Finche führte
und sein Herz quoll über vor Gück,
denn er sah die Frau seiner Träume direkt vor sich ...

die beiden umarmten sich und waren von da an ein zufriedenes Paar.

Und jedes Jahr am 18. Juni gingen Finche und Hennes zum Fastnachtsbrunnen und feierten den Jahrestag ihrer Liebe ...

Ende

Anhang 1

Eine zufriedene Liebe, wie die von Finche und Hennes, beschreibt die Kölner Heimatdichterin Käthe Kyrion wie folgt:

Mit allen Fasern zog es mich zu Dir
Was trieb mich Dir so ausweglos entgegen –
in Deinen Augen wollte ich ertrinken
Du ließest mich darin versinken
Ich fand ein Paradies
M e i n Paradies
Dank Deiner Liebeskraft
blieb ich darin geborgen
trotz aller Sorgen.

Aus: „Wunder sind Natur und Liebe". 1989. ISBN 978-3-9801-7037-6.

Anhang 2

Sicher kennt ihr die 5. Jahreszeit in Köln, den Kölner Karneval.

Auch im Karneval verlieben sich die Menschen. Manchmal ist es so, dass sich zwei Menschen verlieben wollten, aber dann wurde man im Trubel auseinandergerissen und fand sich nicht wieder ...

Für Paare, die diesen ersten Liebeszauber gespürt haben, sich dann aber im Karnevalstrubel aus den Augen verloren; deren Blicke & Seelen sich zwar gestreift haben, aber sie sich nicht kennenlernen konnten; gibt es die Möglichkeit eines Wiedersehens:

An den 6 Samstagen nach Aschermittwoch, immer ab 11:11 Uhr, haben sie am Kölner Fastnachtsbrunnen die Möglichkeit sich wieder zu sehen. Denn dann kommen all die Menschen, die ihre Karnevalsbekanntschaft wiedersehen möchten zum Brunnen und haben die Gelegenheit ihren Kontakt zu vertiefen ...

Am Fastnachtsbrunnen in der Altstadt stehen die Chancen also gut, seine „Liebe auf den ersten Blick“ wiederzusehen..

Romantische Literaturwerbung

„Das Lübecker Liebesmärchen“

ISBN 9-783-7597-5949-8

„111 Feiertage der Liebe – Ein Jahreskalender“

ISBN 9-783-7597-5938-2

„Warum die Linde herzförmige Blätter hat“

ISBN 9-783-7578-3058-8

„Why the lime tree has heart-shaped leaves“

ISBN 9-783-7583-0196-4